DEUX PETITS POÈMES

(italien et espagnol)

SUR SAPHO

Par M. A. DE TRÉVERRET

I

Peu de poètes lyriques ont ménagé à leurs lecteurs plus de surprises que Leopardi; aucune des dix odes, ou *cantiche*, publiées par lui en 1824, n'était conçue suivant les habitudes des littérateurs italiens d'alors; aucune (si ce n'est peut-être la première) ne faisait prévoir par son titre le vrai sujet que le jeune auteur allait traiter. Prenons pour exemple entre les neuf autres celle qu'il appelle *Le dernier chant de Sapho* ([1]). On s'attend à y voir une peinture des désirs trompés, une explosion de reproches adressés à l'ingrat Phaon, un récit ingénieux, sensuel, pathétique des angoisses et du désespoir où une femme voluptueuse et pleine de génie peut être jetée par la froideur ou l'inconstance de celui qu'elle aime. — Rien de pareil dans l'œuvre de Leopardi. Phaon n'y est nommé qu'à la fin et en passant; je me trompe : il n'est même point nommé; la Sapho italienne le désigne par une périphrase, et, loin de le maudire, elle lui souhaite le bonheur dont elle-même n'a jamais joui. Ce n'est ni à Phaon, ni à aucun des mortels, c'est à la nature implacable qu'elle demande compte des perpétuelles rigueurs de son destin.

Ovide avait supposé, je ne sais sur quelle preuve, que Sapho était laide, petite, brune à l'excès ([2]).

> Si mihi difficilis formam natura negavit....
> Sum brevis.... — Candida si non sum....

([1]) C'est la neuvième dans les éditions complètes.

([2]) Ovide, *Hér.*, 15, v. 31, 33, 34. Le poète latin avait peut-être emprunté ces détails à Sapho elle-même ou aux poètes qui l'avaient connue et dont il pouvait lire les œuvres complètes.

Leopardi reprend cette pensée, la développe, la généralise et s'attache à peindre les souffrances de toute âme délicate, poétique et noble, enfermée dans un corps difforme et disgracieux malgré sa jeunesse (¹).

Résolue à mourir et ne luttant point contre son désespoir, Sapho contemple avec tristesse le calme de la nuit, les timides rayons de la lune, le lever silencieux de l'étoile du matin, spectacles charmants pour elle tant qu'elle n'a point connu les lois cruelles de l'existence humaine. Aujourd'hui elle n'aime plus ces paisibles aspects, ces scènes douces et trompeuses qui semblent avoir pour but de voiler les menaces du sort. Elle ne se plaît qu'aux orages, au trouble des éléments; elle ne se sent revivre que lorsque le tourbillon balaye la poussière des campagnes, lorsque le char de Jupiter tonnant roule sur nos têtes en fendant l'air obscurci, lorsque les nuages éclatent sur les vallées profondes, que les troupeaux épouvantés s'enfuient, que le fleuve s'enfle et fait trembler ses rives. Toute beauté calme et harmonieuse l'afflige, parce que c'est ce genre de beauté qui lui manque le plus. « O ciel » divin, dit-elle, tu es bien beau, et tu es belle aussi, terre » humide de rosée. Hélas! de toute cette beauté infinie les » dieux et le sort implacable n'ont pas donné la moindre par- » celle à la malheureuse Sapho. Dans tes superbes royaumes, » ô Nature, je ne suis entrée que comme un hôte vil, impor- » tun, méprisé; tu dédaignes mon amour et vainement j'atta- » che, suppliante, mon cœur et mes yeux à tes formes gra- » cieuses. Ce n'est pas à moi que sourient la rive lumineuse » ni l'aube matinale. Ce n'est pas moi que saluent le chant » des oiseaux et le murmure des hêtres; et si, à l'ombre des » saules inclinés, un ruisseau pur déploie son miroir sincère (²), » dès que mon pied glissant s'approche de ses ondes, il me les » dérobe avec mépris, il se détourne, il fuit rapidement entre » ses deux rives parfumées. »

Et ainsi que lord Byron ne pardonna jamais ni à sa mère ni à Dieu même de l'avoir fait naître boiteux, la Sapho de Leopardi accuse la nature de lui avoir refusé la beauté et de lui témoigner chaque jour une aversion nouvelle. Cette image

(¹) Il déclare lui-même cette intention dans son *Articolo critico,* publié en 1825 : « ... Intende di rappresentare la infelicità di un animo delicato, tenero, sensitivo, » nobile e caldo, posto in un corpo brutto e giovane. »

(²) Littéralement : son sein candide, *candido seno.*

d'elle-même qu'elle aperçoit dans l'eau lui paraît une insulte, une imitation moqueuse, et si, en s'approchant, elle ne la voit pas, elle s'irrite encore; le ruisseau, pense-t-elle, ne veut pas la refléter; il hâte et trouble ses ondes pour ne pas y peindre une forme humaine qui enlaidirait et souillerait presque le miroir.

Ingénieuse à se tourmenter de ce qui lui manque, Sapho, chez le poète italien du xixᵉ siècle, cherche avec une curiosité colère la raison suprême des maux qu'elle endure : « Quelle » faute ai-je commise, demande-t-elle, quel crime affreux m'a » marquée d'une tache avant ma naissance pour que le ciel et » la fortune me montrent un visage si farouche? Toute petite » fille, alors que la vie ignore tout méfait, en quoi ai-je péché, » pour n'avoir point connu de jeunesse, et pour que le fil déco- » loré de mon existence tournât toujours sombre autour du » fuseau de la Parque inexorable?... Ah! ta lèvre laisse échap- » per d'imprudentes paroles; les événements qui nous sont » destinés naissent d'un conseil mystérieux; tout est caché » pour nous, hormis notre douleur. Enfants négligés par leurs » parents, nous sommes nés pour les larmes, et la raison de » tout repose dans le sein des êtres célestes! C'est aux dehors » de l'homme, aux dehors agréables que le Père commun a » donné une éternelle royauté parmi les nations, et malgré les » plus viriles entreprises, malgré la lyre et les chants les plus » savants, aucun mérite ne brille sous un vêtement sans » grâce. »

Point de drame, point de roman, pas un seul trait histo- rique ou légendaire dans toutes ces paroles. Si au commence- ment de la seconde strophe Sapho ne se nommait point, il n'y aurait aucune raison de les lui attribuer; tout jeune homme, toute jeune femme chez qui le courage et le talent valent mieux que la figure, pourraient tenir le même langage, faire les mêmes questions. C'est une plainte plus philosophique que passionnée; c'est une série de réflexions provoquées par de longues douleurs que le poète indique, mais ne raconte pas. Une vie manquée par défaut de beauté physique; de vains efforts pour se faire accueillir et apprécier des hommes; une laideur malheureuse offusquant sans cesse l'éclat du génie ou de la valeur, voilà ce qu'on entrevoit ici très nettement; mais il serait impossible de dire en quelles circonstances la per- sonne qui accuse les dieux a plus particulièrement souffert;

il n'y a pas un fait dont on puisse se souvenir et auquel l'imagination du lecteur demeure attachée. En revanche, les con-
clusions amères contre la tyrannie du destin, contre les
rigueurs injustes de l'Inconnu sont ici condensées en un petit
nombre de phrases qui saisissent notre esprit et le mettent en
révolte.

Arcano è tutto, fuor che il nostro dolor.

Tout ignorer, excepté que l'on souffre ! Quelle loi ! quelle
condition ! et c'est notre vie !

Negletta prole
Nascemmo al pianto, e la ragione in grembo
De' celesti si posa....

« Notre crime est d'être homme et de vouloir connaître, »
écrivait Lamartine quatre années plus tôt : et comme Leopardi, il avait tort de le dire, l'homme pouvant parvenir à
connaître bien des choses qui adoucissent ou qui même expli-
quent son destin; mais ce n'est pas sans peine qu'on y arrive,
et tantôt l'excès du malheur, tantôt l'ardeur de la passion,
tantôt la difficulté inévitable des recherches métaphysiques ou
religieuses, ramènent le doute, obscurcissent la lumière qui
nous avait quelque temps rendu le courage. Alors les vers
terribles de Leopardi nous reviennent; ils sonnent à notre
oreille comme des vérités; ils expriment bien ce que nous
sommes ou ce que nous croyons être à certaines heures; ils
formulent notre plainte contre la destinée humaine, et leur
amertume calme et concentrée donne un air de grandeur et
même de justice aux résolutions les plus violentes que l'homme
pourra prendre pour abréger ou détruire sa propre vie.

« Nous mourrons, s'écrie la Sapho du poète italien; nous
» jetterons à terre ce voile indigne, et notre âme nue se réfu-
» giera vers Pluton et corrigera la cruauté, le crime de
» l'aveugle dispensateur des destins. Et toi, à qui m'ont
» unie un long amour, une longue fidélité, un désir furieux
» et non apaisé, vis heureux si un être né mortel a
» jamais vécu heureux sur la terre. Jupiter n'a pas répandu
» sur moi la douce liqueur de son urne avare (¹) depuis
» l'instant où les illusions et le songe de mon enfance ont
» péri. Les jours les plus joyeux de notre existence s'en vont

(¹) Allusion aux deux urnes ou tonneaux de Jupiter, contenant les biens et les
maux. (Homère, Il., c. XXIV, v. 527-534.)

» les premiers (¹); viennent ensuite la maladie et la vieillesse
» et l'ombre glacée de la mort. Voici que de tant de palmes
» espérées, de tant de rêves délicieux, il me reste le Tartare;
» et mon vaillant génie est la proie de la déesse infernale, de
» la mort sombre, de la rive silencieuse. »

Ce n'est donc point dans un transport qu'elle se tuera, c'est
en vertu d'une résolution longuement réfléchie et d'une
révolte déjà ancienne contre la loi qu'elle subissait en ce
monde. Son amour dédaigné n'est que le dernier épisode
d'une vie malheureuse. Phaon ne l'a traitée que comme tout
le reste la traite; il n'est pas plus criminel à son égard que la
société et la nature; le vrai coupable c'est le destin, c'est le
créateur (quel qu'il soit), c'est l'être *(ou la loi)* qui a établi
l'empire de la beauté et voué la laideur à l'humiliation.

L'âme de Sapho survivra-t-elle à son corps brisé? Elle paraît
le croire, mais comme la plupart des païens le croyaient, sans
espoir d'une réparation véritable, et avec la certitude presque
absolue de tomber dans la nuit, dans le froid, dans le silence,
dans une sorte de néant qu'elle sentira, mais qui vaut mieux
pour elle qu'une vie méprisée. Car il faut avoir la beauté, ou
mourir; quand on est beau, l'on n'est pas bien sûr encore
d'être heureux; la maladie, d'ailleurs, la vieillesse, la mort
viennent toujours; mais grâce à la beauté, l'on a une jeunesse;
on goûte quelques instants moins tristes; on est bien accueilli
des hommes, on fait valoir ses talents, ses vertus. Naître
mortel et naître laid, c'est le malheur absolu, sans compen-
sation : Leopardi en demeura bien persuadé lorsque, dans son
adolescence, il voulut aimer et ne fut point payé de retour.
Devenu de bonne heure contrefait, et souffrant doublement
de sa difformité qui tenait comprimés les organes de la vie et
qui le rendait ridicule, on comprend que les brèves indica-
tions d'Ovide sur la laideur de Sapho l'aient vivement frappé.
Sapho, pleine de génie, mais méprisée parce que la beauté
lui manque, c'était lui-même, et il trouvait plus d'une conso-
lation à interpréter en vers de pareilles souffrances.

Le sujet, ainsi conçu, lui tenait au cœur et devait bien
l'inspirer; car son talent poétique était, comme disent les
Allemands, tout *subjectif;* il ne savait peindre ou analyser en

---

(¹) Virgile, *Géorg.*, l. III, v. 66-68 :

Optima quæque dies miseris mortalibus ævi
Prima fugit : subeunt morbi......

vers que son âme; et dans ses odes il ne conservait guère, de
son immense érudition, que ce qui intéressait ses douleurs
patriotiques ou ses méditations solitaires et personnelles sur
la destinée humaine.

D'ailleurs nul poète, en Italie ou chez les autres peuples,
n'avait encore exprimé les misères de la laideur jointe au
génie par un caprice de la nature. C'était une matière absolu-
ment neuve (¹); et si, en l'abordant, on surprenait d'abord
les lecteurs, on ne devait pas tarder à se les réconcilier par le
charme même de la nouveauté et par un accord très réel avec
les inquiétudes et les préoccupations du temps.

Partout en Europe la poésie agitait ce problème de la destinée; partout les lyres gémissaient sur les inexplicables douleurs de l'homme. Il fallait que l'Italie entrât dans ce concert
où retentissaient de si tristes et de si belles notes. Leopardi
se chargea de l'y amener, et plus malheureux, plus mécon-
tent, plus incrédule aussi et et plus athée que Byron, il
chanta, sous des noms et des prétextes variés, toutes ses
souffrances, toutes ses amertumes, dont l'expression peut se
résumer en un mot : ni moi, ni personne, nous n'aurions
jamais dû naître.

II

Mais au moment où il achevait ses dix premières odes, et se
préparait à les faire imprimer ensemble (²), une femme, destinée
à jouer un certain rôle dans la régénération littéraire de l'Espagne, voyait le jour à neuf lieues de Badajoz, en un village
qui porte le nom poétique d'Almendralejo (petit bois d'aman-
diers). Carolina Coronado, aujourd'hui mariée à un diplomate
américain en résidence à Lisbonne, est née dans l'Estrama-
dure, en 1823 (³). Dès l'âge de quatre ans, elle connut le

(¹) Dans l'*Articolo critico* que je viens de citer, et qu'on peut retrouver à la
page 265 de la petite édition in-32 des *Canti di Leopardi* (Firenze, successori
Le Monnier, 1860), le jeune auteur réclame pour lui la priorité : « ... soggetto
» così difficile ch' io non mi so ricordare né tra gli antichi né tra i moderni nes-
» suno scrittore famoso che abbia ardito di trattarlo, eccetto solamente la signora
» di Staël, che lo tratta in una lettera in principio della *Delfina*, ma in tutt' altro
» modo. » (P. 266-267.) — Cet article, d'abord anonyme dans le *Nuovo ricoglitore*
de Milan, est de Leopardi.

(²) Les deux premières avaient déjà paru en 1818, la troisième en 1820.

(³) Tous ces détails biographiques sont empruntés à la notice et au prologue
placés en tête de l'édition in-4° de ses poésies, Madrid, 1852. Carolina a épousé
M. Perry.

malheur : son père fut arrêté sous Ferdinand VII, pour cause politique, et retenu quelque temps en prison. Bientôt elle dut aider sa mère à élever une nombreuse famille et à faire marcher un modeste ménage. Heureusement elle apprenait tout sans peine : broderie, dessin, musique, soins de la maison ; aucune de ses compagnes n'égalait son intelligence et aucune n'était si justement chère à sa famille. La nuit, quand tou reposait autour d'elle et qu'elle aurait eu le droit de considérer sa laborieuse journée comme finie, elle veillait pour lire le peu de livres qui pouvaient tomber entre ses mains. Les histoires les plus pesamment écrites, les œuvres d'érudition les plus arides, tout lui était bon, pourvu qu'elle s'y instruisît ; et sa jeune imagination, sans doute, mettait la vie et la couleur là où le savant critique et compilateur Masdeu n'avait mis que des faits ou des dissertations.

A quatorze ans, Carolina composa ses premiers vers ; durant les six années suivantes, elle continua de se livrer à l'inspiration et de laisser insérer quelques-unes de ses œuvres dans des journaux de Madrid. Espronceda et Donoso Cortès, estramadouriens comme elle, la recommandèrent au public lettré. A vingt ans, elle put former de ses poésies un petit volume, qui parut en 1844, sous les auspices du célèbre Hartzenbusch, et où sont exprimés, en vers gracieux et purs, des sentiments sincères et naturels. On se plaît à écouter cette âme de jeune fille, sensible aux beautés de la campagne, agitée par des rêves de gloire et gémissant avec douceur, et si je puis dire, à mots couverts, de vivre reléguée si loin des brillants séjours où se déploient et s'apprécient les talents.

Formait-elle encore d'autres vœux ? Rêvait-elle de régner sur un cœur, jeune comme le sien et captivé par l'éclat du génie ? Craignait-elle que ce désir, cet espoir ne fût déçu, après un bonheur éphémère ? Ce qui est sûr, c'est qu'elle avait lu l'histoire de Sapho et qu'elle peignit les joies et les souffrances de la poétesse, un instant aimée et bientôt trahie.

Ces trente-quatre stances de quatre vers sont comme un monologue en plusieurs actes, où le bonheur, l'inquiétude, le désespoir se succèdent. Sauf vers la fin (où l'auteur prend la parole), nous n'entendons que la voix de Sapho, mais elle est toujours éloquente, et ses idées, ses émotions qui changent, marquent les péripéties terribles de sa situation et l'approche d'un dénouement fatal.

Au commencement, elle nage dans la joie, elle chante avec effusion sa félicité, sa renommée éclatante, sa tendresse récompensée

« Comme la brise la plus douce, dit-elle, ma vie facile glisse » de plaisir en plaisir, partagée entre l'amour et la gloire. » Quel bonheur égale le mien? A côté de Phaon, et chantant » son amour, et fascinée par l'éclat de ses yeux, Sapho trouve » une joie immense à laisser fondre ses heures dans une douce » extase. Elle trouve une joie immense à voir son amant » boire, dans l'air qu'il respire, les accords de cette lyre si » tendre qui ne résonne, amoureuse, que pour lui. Quelles » larmes ineffables viennent à mes yeux! mon cœur s'épanche » ainsi goutte à goutte, lorsque son doux et beau visage brille » de joie, un moment, en écoutant mes accords; lorsque sa » voix daigne célébrer ma lyre et me bercer au murmure de la » louange. Je sens, ô Phaon, ton haleine délicate errer autour » de mon front; je sens tes paroles harmonieuses frapper déli- » cieusement mon cœur; et ce cœur aussitôt précipite ses » battements; à un soupir, à un accent, à un regard, il s'agite » comme le sein de la tourterelle. Je ne crains pas alors que, » parjure, tu oublies pour aucune belle ton heureuse poétesse; » je ne crains pas que d'autres attraits viennent, en une heure » fatale, détruire mon paisible bonheur. Et qui donc oserait, » d'une main perfide, flétrir la fleur de ma félicité? Qui oserait » usurper ton cœur et régner là où Sapho régna un jour? »

Quelle humilité aux pieds de son amant! quel orgueil en face de ses rivales! Mais les dernières paroles que nous venons d'entendre indiquent un commencement d'alarmes. Elle redoute une surprise, une attaque contre laquelle elle ne serait pas peut-être suffisamment armée. Car ici est maintenue la tradition d'Ovide sur la laideur de la malheureuse Sapho. Carolina Coronado n'avait pas cependant, pour l'adopter, les mêmes raisons personnelles que Leopardi : le témoignage des écrivains du temps[1] et le portrait lithographié que l'on peut voir dans un recueil poétique un peu plus récent, prouvent qu'aucun des attraits de la femme ne lui a manqué. Mais enfin elle n'a pas cru devoir se substituer elle-même à son héroïne; elle l'a conservée telle qu'on la lui avait transmise, et elle a peint d'une façon ingénieuse et vraie les

[1] Notices biographiques déjà citées; la plus ancienne fut rédigée par Hartzenbusch, lorsque Carolina était âgée de vingt et un ans.

efforts de Sapho pour lutter contre une rivale à force de gloire et d'inspiration.

« Ah! je ne suis point belle, lui fait-elle dire; les dieux » n'ont pas laissé sur mon visage la précieuse empreinte de » leur main; mais à mon âme ils ont généreusement donné » le souffle souverain du génie. Les sœurs de Phébus ont placé » dans mes mains une lyre merveilleuse; elles ont rempli » mon cœur d'enthousiasme, d'amour et d'inspiration divine. » La beauté jouit un seul jour de triomphes que l'impitoyable » avenir anéantit, tandis qu'au milieu des applaudissements » il guide au temple de l'immortalité le génie victorieux. La » beauté n'obtient du monde qu'un lit de terre et un silen- » cieux oubli; l'étroit sépulcre où elle se précipite éteint ses » rayons comme s'ils n'avaient jamais brillé. Elle disparaîtra » telle qu'un songe, si la puissante voix du génie ne l'éternise; » les chants du génie passent dans tous les siècles et donnent » une vie précieuse aux cendres de la beauté. »

« Et moi aussi je chanterai », ajoute-t-elle (car elle ne perd pas son temps en vaines maximes; tout ce qu'elle vient de dire est un plaidoyer en sa faveur, une tentative pour retenir le cœur de Phaon), « et moi aussi je chanterai; ma voix, qui » répètera ton nom, fera survivre ton amour et le mien; ils » s'étendront, rapides et sans fin, aux siècles à venir. A cette » Grèce opulente, instruite et juste, j'arracherai, moi, un » applaudissement durable; je ceindrai peut-être sur mon » front auguste une couronne, comme le grand Homère. Et, » regarde-la, cette couronne, ô Phaon, et récompense l'effort » de ta Sapho bien-aimée, par ton sourire, plus charmant pour » tout mon être que la brise matinale ne l'est pour les fleurs. »

Voilà bien l'amour, tel que Platon l'a défini, fils de la richesse et de la pauvreté. Rien ne manque à Sapho, que les charmes extérieurs; elle les demande à ce beau jeune homme, elle se complète par lui, elle sera souverainement heureuse si elle peut dire : « La beauté de Phaon m'appartient; c'est à » moi seule qu'il sourit, et pour jamais. »

Cette joie suprême, hélas! lui est refusée; ce qu'elle redou-tait au fond de l'âme, tout en affectant de dire qu'elle ne le craignait pas, est arrivé pourtant, et l'orgueil de Sapho a reçu la plus cruelle blessure.

« Muses divines, s'écrie-t-elle, dieux du génie, que me sert-il » de ceindre votre auréole? Une belle rivale, par sa beauté

» seule, a obtenu de me vaincre outrageusement. Chassez-la
» de devant moi, ô cieux! chassez-la; en la voyant la haine
» qu'elle m'inspire s'accroît; sa vue obscurcit la mienne, et
» mon cœur bouillonne d'envie et de jalousie. Chassez-la loin
» de lui, surtout; que ses yeux épris n'admirent plus la beauté
» de cette femme; et que mes yeux sanglants ne soient plus
» condamnés à courir incessamment pour les surprendre.
» Divine Vénus, écoute ma prière; protège l'amour que tu as
» allumé; dans le cœur cruel du parjure ranime une étincelle
» des feux éteints. »

On connaissait les transports amoureux de Sapho, dépeints
par elle-même; on les avait traduits et vantés dans toutes les
langues; mais Sapho, jalouse et malheureuse, ne nous avait
pas encore été révélée; la partie de ses œuvres où elle expri-
mait peut-être une telle douleur a péri, et ni l'esprit raffiné
d'Ovide, ni le chagrin universel et métaphysique de Leopardi
n'avaient su combler cette lacune; Carolina Coronado y a
réussi; peu de strophes plus passionnées et plus brillantes
d'images ont été écrites pour peindre les fureurs de la jalousie.
La dernière surtout est d'une vérité frappante et terrible :
« Donne-moi, dit Sapho à Vénus, ces formes qui séduisent,
» et ces beautés empreintes de ta lumière, et que les dieux
» irrités m'enlèvent ma cithare, mes chants et ma gloire (1). »

Ainsi tout ce qui faisait son orgueil, tout ce qui la rendait
unique au monde n'est plus rien. La beauté seule a de la
valeur à ses yeux; elle sacrifierait tout pour devenir belle et

---

(1) Voici le texte espagnol de ces cinq strophes admirables :

Musas divinas, diosas del talento,
¿Qué me vale ceñir vuestra aureola?
Bella rival con su belleza sola
Alcanzó mi afrentoso vencimiento.

Lanzadla de ante mí, lanzadla, cielos;
Que al verla, el odio que me inspira crece;
Mi vista con su vista se oscurece,
Y hierve el corazon de envidia y celos.

Lanzadla lejos de él; no mas admiren
Sus ojos á la bella enamorados,
Ni los mios en tanto ensangrentados
Por sorprenderlos incesantes giren.

Alma Vénus, escucha tú mi ruego,
Y protege el amor que has encendido;
En el pecho cruel del femenido
Brote una chispa del estinto fuego.

Dame atractivos, dame esa ilusoria
Forma y hechizos con tu luz tocados,
¡Y quitenme los Dioses irritados
Mi citara, mis cantos y mi gloria!

gagner Phaon. L'amour qui l'entraîne vers cet homme, l'emplit tout entière et a dévoré en elle toute autre passion.

Mais devenir belle, c'est chose impossible pour Sapho; jamais Vénus ne lui accordera pareil miracle; cette déesse depuis quelque temps la trompe, et après lui avoir promis trois fois, par la bouche des augures, la fin de ses maux et le triomphe de son amour, elle laisse Phaon s'endurcir à ses pleurs. « Quoi ! pas une espérance ? demande Sapho à celui » qu'elle aime. Mais ne crains-tu pas que ton affreux parjure » provoque la vengeance ? Ne crains-tu pas que Vénus indi- » gnée accoure enfin à mes clameurs, et qu'elle secoue sur ton » front criminel sa colère sacrée ? Déesse aimante et qui pré- » side à l'amour, tu l'as invoquée comme témoin de ta foi ; » ma passion outragée demande une vengeance ; sa majesté » méprisée veut un châtiment. »

Après les menaces impuissantes, reviennent les reproches et les souvenirs. Phaon est un ingrat qui doit tout à Sapho. « Ta jeunesse, lui dit-elle, s'écoulait silencieuse ; tu restais » confondu dans la foule obscure, lorsqu'unissant sa renommée » à ton nom, Sapho partagea sa gloire avec toi. La poétesse » de la Grèce, descendant de sa hauteur jusqu'à toi, voulut, » pleine d'amour, chanter ta vie et illuminer ton front des » rayons de sa propre auréole. Et à ton côté, Phaon, lorsque » ma voix s'élevait pour chanter nos délires, les filles de » l'Olympe, empressées, versaient un miel divin sur mes » lèvres. »

Ah ! que ne s'en tient-elle aux reproches ! que n'accable-t-elle l'ingrat de son mépris ! que ne rompt-elle pour jamais avec ce jeune homme volage, qui sait si mal estimer les dons de la Muse et le royal éclat de la gloire poétique ! Mais non ; ce beau parjure est trop nécessaire à son bonheur ; elle prend trop de plaisir à être inspirée par sa vue ou par sa pensée, et à continuer le rêve commencé à côté de lui. Tous deux cherchent la beauté physique et la cherchent en dehors d'eux-mêmes ; et comme Sapho n'est point belle, Phaon la fuit. Aussi interrompt-elle brusquement ses doux souvenirs pour retomber dans son jaloux accès ; elle s'écrie, à la fois furieuse et désolée : « Où est cette belle, qui, simulant l'amour, m'ar- » rache ton cœur déjà conquis ? Hier mon sein palpitait de » plaisir ; il brûle aujourd'hui de dépit et de douleur ! »

Là s'arrêtent les plaintes de Sapho; elle s'éloigne un instant de nos yeux et nous ne la reverrons plus qu'au dénouement ([1]).

« Le soleil parvenu à la moitié de sa course, roule caché
» entre de rouges nuages; contre les rocs la mer de Leucade
» irritée vient briser ses vagues menaçantes. Sapho paraît sur
» la rive escarpée, le front ceint d'une couronne funèbre; un
» feu surhumain brille dans ses yeux; elle mesure hardiment
» l'effrayant espace. Elle étend les bras et murmure, dans un
» gémissement lugubre, de mystérieuses paroles; puis, elle se
» détache des rochers : « Phaon », dit-elle, en livrant son corps
» aux vents. Un instant elle tourne, vacillante dans les airs;
» bientôt elle tombe et s'enfonce au sein des eaux; l'écho qui
» flotte entre les vagues répète au loin le son fatal. »

Ainsi se termine, par un récit saillant mais sobre, ce monologue lyrique qui a formé presque un drame. Toutes les passions en lutte dans le cœur de Sapho viennent de trouver ici une expression gracieuse ou forte; le dialogue et les répliques ont manqué, mais non pas la progression, et une âme humaine nous est apparue, bouleversée dans ses profondeurs et entraînée rapidement vers le désespoir.

Le poème italien de Leopardi est exécuté avec plus de perfection et offre moins d'épithètes et de synonymes; malgré sa correction classique, il est mieux marqué au sceau du xixe siècle; il surprend davantage le lecteur par sa nouveauté; il aborde enfin une question plus haute; mais il touche peu et ne parle guère qu'à l'esprit. La passion, au contraire, vit dans le poème espagnol de Carolina Coronado; sauf quelques nuances, il aurait pu naître, pareil, trois siècles plus tôt; et à quelque époque qu'on le relise, on y retrouvera le même intérêt pathétique, on y sentira palpiter la même émotion.

([1]) Entre ce dénouement et la strophe que nous venons de citer il n'y a que trois points, indiquant une suspension :

   Y hoy de despecho y de dolor se abrasa...
    El salto de Leucades.
   El sol á la mitad de su carrera, etc.

(Extrait des *Annales de la Faculté des Lettres de Bordeaux*, n° 3, 1883.)

Bordeaux. — Imp. G. Gounouilhou, rue Guiraude, 11.

CALDERON ET GŒTHE

"LE MAGICIEN PRODIGIEUX" ET "FAUST"

d'après un Mémoire espagnol de don Antonio Sanchez Moguel (¹).

Par M. A. DE TRÉVERRET

Le 24 mai 1881, au moment où l'Espagne célébrait le second centenaire de Calderon, l'Académie d'histoire de Madrid écoutait en séance publique un rapport sur le concours qu'elle avait ouvert pour résoudre le problème suivant : « Quelles rela-
» tions établit la critique historique entre le sujet du *Magicien*
» *prodigieux* de Calderon et celui du *Faust* de Gœthe : con-
» sulter à cet égard les traditions antiques et les légendes du
» moyen âge où les deux écrivains ont pu s'inspirer. »

Des raisons sérieuses avaient déterminé la docte compagnie à proposer cette question. Depuis que les Allemands étudient la littérature espagnole, ils n'ont cessé, dans des ouvrages d'ailleurs fort utiles et fort savants, de rapprocher entre eux le drame de Calderon et celui de Gœthe. Les deux principaux personnages, Cyprien et Faust, leur ont paru se ressembler en plus d'un point.

Cyprien, étudiant d'Antioche, et né au sein du paganisme, cherche, nous dit Calderon, la divinité véritable entrevue par Pline l'Ancien (²) et méconnue par les religions païennes. Tenant son livre en main et sa raison en éveil, il s'achemine rapidement vers la foi en un dieu unique; mais pour l'empêcher d'y atteindre, le démon déguisé en seigneur élégant et instruit, vient argumenter sur le texte qui le préoccupe. Vaincu dans la controverse et ne pouvant obscurcir directement cette haute et sincère intelligence, Satan s'adresse au cœur et aux sens de

---

(¹) Traduit et publié, depuis la rédaction de cet article, par M. Magnabal. Un vol. in-18, chez Leroux. Paris.
(²) Voir Pline l'Ancien, *hist. nat.*, l. II, c. V (Ed. Lemaire). p. 230 : « Quisquis
» est Deus..., totus est sensus, totus visus, totus auditus, totus animæ, totus animi,
» totus sui. »

Cyprien. Il leur offre une vierge chrétienne à désirer, et il les exalte à tel point que le philosophe abandonne ses études, ne rêve plus que la conquête de Justine et, après avoir essuyé les refus de la jeune fille, s'écrie : « Pour la posséder, je don- » nerais mon âme. — Je l'accepte, » dit le démon ; et le voici sous une forme nouvelle, offrant ses services à l'amant repoussé. Cette fois il se prétend magicien, il fait des miracles, promet à Cyprien de lui apprendre la magie et, s'il veut suivre ses leçons pendant un an dans la solitude, s'il consent surtout à signer de son sang un billet qui livre son âme, il s'engage à amener Justine dans le désert et à le rendre maître de cette inexorable beauté.

Alors commence une lutte étrange entre la vertu de Justine et les séductions dont le démon l'entoure. Le cœur de la jeune fille languit, ses sens l'égarent presque ; elle entend, elle voit la nature entière lui conseiller et lui montrer l'amour ; elle plaint le jeune homme de génie qui, désespéré par ses rigueurs, a fui le monde et renoncé à tout désir de gloire. Elle se sent violemment tentée d'aller le chercher au désert ; mais elle se reproche cette pensée et, persuadée que nul ne peut la forcer d'agir, elle refuse de faire un seul pas vers celui qu'elle aime. Toutes les suggestions de Satan échouent contre cette volonté si ferme et si libre : « Tu as vaincu, s'écrie-t-il avec colère, tu as vaincu en ne te laissant pas vaincre ; mais puisque je ne peux t'entraîner dans le désert, j'y amènerai ton image, et tu n'en seras pas moins déshonorée, car on croira que Cyprien a su te réduire. — J'en appelle à Dieu, reprend-elle, je lui confie le soin de ma renommée ; » et elle se rend au temple des chrétiens pour y prier avec une ferveur plus efficace.

Cependant Cyprien, par tous les enchantements que son maître lui a enseignés, compte forcer Justine à venir jusqu'en ses bras ; il sera alors le plus heureux des amants et le plus illustre des magiciens ; son nom demeurera éternel en ce monde ; ses deux passions, pour une femme et pour la gloire, seront à jamais satisfaites. Il croit voir, en effet, Justine s'avancer vers lui ; mais au moment où il saisit ce fantôme, il ne découvre qu'un affreux squelette et il entend une voix l'avertir « que toutes les joies et les grandeurs du monde se réduisent à cela. »

Furieux d'avoir été trompé dans son attente, il demande raison à Satan et le contraint d'avouer qu'un Dieu plus puissant, le Dieu des chrétiens, a sauvé Justine. « Ce Dieu est le » mien, s'écrie-t-il alors. — Impossible, reprend le démon, j'ai » un billet par lequel tu t'es fait mon esclave, et ce billet est » signé de ton sang. — Mon sang l'effacera, dit Cyprien converti, » et il rentre en effet dans Antioche pour chercher la mort dont tous les chrétiens sont menacés. Il souffre le martyre avec Justine elle-même, et le démon, contraint par la puissance divine, déclare à tous qu'il n'a pu vaincre la vertu de cette vierge ni empêcher Cyprien de croire, de confesser sa foi et de posséder Dieu.

Tel est le résumé de ce drame, et l'on conçoit que les critiques aient été frappés de certaines similitudes avec le *Faust* de Gœthe. Ce philosophe, obsédé d'un grand problème et raisonnant avec le démon qui vient le trouver; Cyprien et Satan faisant de la magie ensemble pour arriver à la conquête d'une femme enivrée par les influences voluptueuses que le démon répand autour d'elle et dans son âme, tout cela n'est pas sans analogie avec les images que le grand poète de Weimar nous a présentées. Il ne faut donc pas s'étonner si en Allemagne [1], en Hollande [2], en Amérique [3], en Angleterre [4], en Portugal [5], en France [6] et en Espagne [7] même, les historiens de la littérature et les chercheurs ont, pour la plupart, saisi cette ressemblance, et si les uns ont voulu l'expliquer par un emprunt que Gœthe aurait fait à Calderon; les autres, par la

[1] Koberstein, *Ueber das wahrscheinliche Alter und die Bedeutung des Gedichtes vom Wortburger Kriege*. Naumburg, 1823, p. 55-58. — Rosenkrantz, *Ueber Calderon's Tragédie vom Wunderthätigen Magus*. Halle, 1829. — Carrière, *Calderon's Wunderthätiger Magus, und Gœthe's Faust*. Braunschweig, 1876. — Dorer, *Gœthe und Calderon*. Leipzig, 1881.

[2] Putman, *Studien over Calderon*. Utrecht, 1880, p. 262 et 490.

[3] Tiknor, *History of the Spanish literature*, t. III de la trad. espagnole par MM. Gayangos et de Vedia.

[4] Lewes, *Gœthe's Leben und Schriften*, t. II. Cette indication ainsi donnée par M. Sanchez Moguel (p. 147, note 11) prouve qu'il a consulté une traduction allemande de cet auteur.

[5] Vasconcellos, *O Faust de Gœthe e a tradução do visconde de Castilho*. — Teófilo Braga, *Estudos da Edade media, Lenda do doctor Fausto*. Porto, 1870, p. 89 et 114.

[6] Philarète Chasles, *Études sur l'Espagne*; § VII. *Le docteur Faust en Espagne*. Paris, 1847, p. 59-74.

[7] Valera, *Disertaciones y juicios literarios*. Madrid, 1878, p. 116. — Lopez de Ayala, *Discurso académico del 25 de marzo 1870*.

connaissance que les Espagnols, au xvıı° siècle, ont pu avoir
de la légende germanique de Faust. Suivant les premiers,
le *Faust* de Gœthe était en germe dans le *Magicien* de Calderon, et Gœthe a développé l'idée conçue par le poète espagnol ;
suivant les seconds, Calderon n'eût jamais écrit le *Magicien,*
ou l'eût composé tout autrement, s'il n'avait entendu parler
du docteur Faust. Ou Gœthe est redevable de son *Faust* à
Calderon, ou Calderon doit son *Magicien* à l'Allemagne. Les
deux opinions pourraient se concilier à la rigueur ; mais sont-
elles vraies? Voilà ce qu'il importe de savoir, et les affirma-
tions ou les hypothèses des critiques avaient besoin de subir
à leur tour un examen nouveau et général que l'Académie
espagnole d'histoire provoqua en 1881. Trois mémoires lui
furent adressés sur ce sujet ; un seul eut le prix, les deux
autres n'obtinrent même pas d'accessit ; et le lauréat, dont la
supériorité fut si éclatante, se nommait don Antonio Sanchez
Moguel, professeur de littérature espagnole à la Faculté des
lettres de Saragosse.

Sa dissertation est un modèle de lucidité et d'élégance.
Il rappelle d'abord et il prouve qu'en 1637, au moment où
Calderon, âgé de trente-six ans, écrivait pour la petite ville
de Yepes son *Magicien,* destiné à être représenté durant les
fêtes du Saint-Sacrement, ce genre de comédie pieuse *(come-
dia de Santos)* était fort attaqué par les plus respectables et
les plus savants ecclésiastiques ([1]) ; puis il remonte directement aux sources et se demande dans quels livres a été
racontée primitivement l'histoire de saint Cyprien, magicien
d'Antioche, et de sainte Justine, jeune chrétienne de la même
ville. Il remarque que dès le ıv^e siècle de notre ère, saint Grégoire de Naziance l'a narrée tout au long dans un de ses pané-
gyriques, mais en commettant l'erreur de confondre Cyprien,
magicien d'Antioche, avec Cyprien, évêque de Carthage ([2]).
Au ve siècle Eudoxie, femme de l'empereur Théodose II, con-
sacre à Cyprien et à Justine un poème qui ne nous est point
parvenu, mais que mentionne la bibliothèque de Photius ([3]).
Enfin, au xe siècle, Siméon le Métaphraste rédigea ou trans-

([1]) Sanchez Moguel, *Memoria acerca de el magico prodigiosos de Calderon.*
Madrid, 1881, p. 25-26.
([2]) *Id., ibid.,* p. 45.
([3]) *Id., ibid.,* p. 44.

crivit cette légende, et son texte grec fut traduit en latin pour
la première fois par Lipomanus, évêque de Vérone (Venise,
1551-58, 6 vol. in-4°). En 1570, le chartreux Laurent Surius
reproduisit cette traduction dans son recueil, qui fut imprimé
à Cologne ([1]).

Ce récit de Métaphraste que M. Sanchez Moguel appelle
version orientale de la légende, représente Cyprien non comme
épris de Justine, mais comme un magicien payé par le jeune
Agladius, étudiant d'Antioche, pour amener la vierge chrétienne à se donner à lui. Le bénédictin Notker ([2]), qui floris-
sait de 830 à 912, a adopté cette tradition dans son *Martyro-
logium;* aussi M. Sanchez Moguel le rattache-t-il ici, quoique
latin, aux narrateurs grecs et orientaux qui font de Cyprien
un sorcier à gages.

Peut-être l'Occident connut-il cette histoire dès la fin du
ve siècle; car le décret du pape Gélase I, rendu contre les
livres apocryphes, condamne, comme faussement attribué à
saint Cyprien, évêque de Carthage, une *Confession* de saint
Cyprien d'Antioche, dont nous avons le texte grec et le texte
latin ([3]). Là, le magicien nous apparaît sous un nouveau jour;
il commence par servir les amours d'Agladius ou Aglaïdus,
mais il ne tarde pas à s'éprendre lui-même de Justine et à
demander au démon de la lui livrer. Presque toutes les vies
de saints rédigées en Occident, le *Martyrologe* attribué à Bède
et au diacre Florus, le *Martyrologe* romain, le *Bréviaire* et le
Missel de Rome, la *Légende dorée* du dominicain Jacques de
Voragine, les *Flores sanctorum* de différentes époques et le
Sanctorum catalogus adoptent cette tradition, qui rend le rôle
de Cyprien bien plus dramatique, et que M. Sanchez Moguel
appelle la *version occidentale* ([4]). Le plus ancien récit qui ait
couru en Espagne sur les deux martyrs dont nous nous occu-
pons est intitulé : *Passio Ss. Justinæ et Cypriani,* et se trouve
contenu dans les *Acta et Passiones Martyrum,* manuscrit du
XIIe siècle, aujourd'hui appartenant à la bibliothèque de la

([1]) Sanchez Moguel : *Memoria acerca*, etc., p. 49.

([2]) *Id., ibid.*, p. 46.

([3]) *Id., ibid.*, p. 47-48.

([4]) Il est curieux de voir que saint Grégoire de Naziance, quoique asiatique,
adopte déjà la version occidentale. Celle que M. Sanchez Noguez nomme orientale
n'a donc pour elle que Métaphraste et son abréviateur Agapius. (*Id., ibid.*,
p. 51-52.)

cathédrale de Tolède (¹). Puis vient, de siècle en siècle jusqu'au xvıᵉ, une série de manuscrits et d'imprimés qui racontent les mêmes faits et toujours d'une manière conforme à la
version occidentale. Seul, le jésuite Pedro de Rivadeneyra,
en 1599, s'écarte de cette tradition et adopte celle de Métaphraste (²); mais avec son instinct de grand poète dramatique,
Calderon choisit l'autre qui, bien plus connue en Espagne et
dans toute l'Europe catholique, doit avoir surtout, à ses yeux,
le mérite de relever Cyprien et de faire lutter à la fois toutes
les passions dans son cœur.

M. Sanchez Moguel a eu entre les mains neuf recueils ha-
giographiques antérieurs à Calderon, qui tous racontent en
langue espagnole la vie et le martyre de saint Cyprien et de
sainte Justine. On peut donc affirmer que l'auteur du *Mágico
prodigioso* a trouvé dans la littérature religieuse de son pays
l'indication des principales idées sur lesquelles est fondé son
drame.

Un *Flos sanctorum* manuscrit du xvıᵉ siècle (³) appelle
Cyprien *estudiante gran encantador* et prétend que dès son
enfance il s'était livré à la magie. Villegas, dans son *Flos
sanctorum* imprimé (Madrid, 1594), le représente comme
grand philosophe et encore plus grand nécromancien (⁴). Chez
Calderon, Cyprien commence par être philosophe et par
porter le costume d'étudiant; il ne se fait sorcier que pour
conquérir Justine. Mais si Calderon l'a conçu ainsi, où en
trouver la cause ailleurs que dans un besoin d'intérêt dramatique? Ce métaphysicien qui tout à l'heure cherchait le vrai
Dieu, et qui soudain envahi par l'amour, oublie ses hautes
pensées et n'étudie plus qu'en vue de posséder une femme, est
un personnage profondément naturel et humain, et lorsque
voyant son amour déçu, il recommencera à se demander :
« Quelle puissance a sauvé Justine? ne serait-ce pas celle du
» vrai Dieu? » nous reconnaîtrons avec admiration et sympa-
thie ce double penchant de notre nature qui nous fait courir
vers le plaisir et gravir vers la vérité.

En peignant Cyprien philosophe, puis amoureux, Calderon

(¹) Sanchez Moguel, *Memoria acerca*, etc., p. 57.
(²) *Id., ibid.*, p. 61.
(³) Cité par M. Sanchez Moguel à l'appendice, p. 192.
(⁴) *Id., ibid.*, p. 201.

songeait-il à la légende de Faust? Il est certain qu'elle n'était pas alors inconnue en Espagne! Dès le 16 août 1561, Conrad Gessner, dans une lettre à son ami Krafft, lui disait que « Faust, mort depuis peu de temps, jouissait d'une renommée » extraordinaire parmi les étudiants de Salamanque. » En 1599, le P. Martin del Rios associait ensemble les souvenirs de Faust et d'Agrippa de Nettesheim. « Ils payaient, disait-il, » les aubergistes en pièces qui paraissaient d'abord de bon » aloi, mais qui au bout de quelques jours se changeaient en » corne ou en autre matière semblable. » M. Sanchez Moguel recueille ces deux traces de l'impression produite sur les Espagnols d'autrefois par les prestiges attribués au sorcier allemand. « Mais ce sont, ajoute-t-il, les seules que nous » ayons pu trouver ([1]), » et il n'en conclut rien à l'égard du drame de Calderon. Il faut avouer qu'en l'absence d'autres preuves, il n'y a, en effet, rien à conclure. Calderon a pu connaître la légende de Faust; il l'a même connue, si l'on veut; mais, qu'en a-t-il fait? qu'a-t-il ici emprunté à l'Allemagne? L'amour de Cyprien pour Justine, il le trouvait dans l'histoire de ces deux martyrs; il y avait lu également les entretiens avec le démon sur la puissance céleste qui défendait Justine. Quant à la recherche du Dieu unique et vrai, provoquée par l'étude d'un passage de Pline l'Ancien, cette idée heureuse et philosophique n'était nullement dans l'histoire primitive de Faust, et Calderon avait assez de génie pour la trouver seul. Le poète espagnol n'a rien dû aux Allemands.

Mais, en revanche, Gœthe lui a-t-il pris quelque chose? M. Sanchez Moguel commence par montrer la différence énorme des deux œuvres et surtout des deux esprits qui les ont conçues : « Dans le drame calderonien, dit-il, et en la » personne de Justine, nous voyons le pouvoir souverain du » libre arbitre; dans l'épisode des premières amours de Faust » et dans le rôle de Marguerite, la fatalité des passions » humaines; Faust veut vivre, coûte que coûte; Cyprien veut » mourir s'il meurt pour la vérité. L'un est un païen qui se fait » chrétien, l'autre fut chrétien jadis et passe au paganisme ([2]). »

([1]) Sanchez Moguel, *Memoria acerca*, etc., p. 131.
([2]) Notons d'ailleurs que le Faust primitif n'a point de Marguerite, et que ses amours avec Hélène, évoquée par lui, ne rencontrent ni les résistances ni les déceptions qui rendent si intéressante la passion de Cyprien pour Justine.

Toutes ces observations sont vraies, mais la différence d'esprit ne prouverait pas l'absence d'imitation. Prendre le contrepied d'un ouvrage, c'est encore s'en inspirer, et Gœthe, qui partagea si peu les croyances de Calderon, aurait bien pu lui emprunter des formes, des situations ou des images pour exprimer de tout autres idées. Il n'en est rien pourtant à l'égard de *Faust* et du *Magicien*. Le vaste poème dramatique de Gœthe fut projeté en 1770 et commencé en 1774; six ans plus tard, paraissaient comme fragment les *Amours de Faust et de Marguerite*, et, en 1808, toute la première partie fut publiée. Or Gœthe, résumant, année par année, les principaux événements de sa vie, écrit sous la rubrique de 1802 : « A cette époque nous commençâmes, Schiller et moi, à » connaître Calderon, dont les premiers chefs-d'œuvre nous » remplirent d'abord d'étonnement. »

Ces dates suffisent pour prouver que les critiques n'auraient pas dû supposer la moindre filiation entre le *Faust* et le *Magicien*. L'idée de faire converser philosophiquement Faust et le démon, celle de représenter une jeune fille troublée par des séductions infernales étaient venues à Gœthe et avaient reçu de lui presque tout leur développement avant qu'il lût une seule ligne de Calderon. Rien de plus légitime, par conséquent, que cette conclusion de M. Sanchez Moguel : Entre les deux drames il n'y a point de relations essentielles; les légendes qui les inspirèrent sont entièrement distinctes et indépendantes, et le grand panthéiste de la poésie moderne, dans le poème dialogué où il sonde tant de mystères et où il exprime tant de doutes, n'a rien emprunté au grand catholique espagnol qu'il sut, plus tard, si vivement admirer.

(Extrait des *Annales de la Faculté des Lettres de Bordeaux*, n° 2, 1883.)

Bordeaux. — Imp. G. Gounouilhou, rue Guiraude, 11

www.ingramcontent.com/pod-product-compliance
Lightning Source LLC
Chambersburg PA
CBHW061524170626
46811CB00004B/1831